U0010047

黑孩子

作者／財團法人孩子的書屋文教基金會

腳本・繪圖／陳怡揚　文字／潘晌仁

園遊會這天，班上孩子們扮演的角色在舞臺上，接受臺下如雷的掌聲。

唯一的那棵「樹」有些黯淡，靜靜待在布幕前方，舉著葉子，

他不懂為什麼要演話劇。

「都是你啦！」同學高分貝大哭著。

「你怎麼這麼常惹禍？真是不受教！」
老師指著黑孩子，大聲斥責。

黑孩子默默的不說話，心想：「我只
是想跟他一起玩，為什麼要罵我？」

這已經不是第一次了。

黑孩子遠離成群嬉鬧的孩子，
一個人走著。
每次回家，他都走得好慢，好慢。

今天弟弟提早到家了。
他們有一搭沒一搭聊著今天發生的事。

「吃了嗎？」
「還沒，家裡好像已經沒有吃的了。」

只剩散落的酒瓶和垃圾。看著雜亂的櫃子
和身旁的弟弟，
他想著辦法，卻無計可施。

睡意襲來，黑孩子逐漸入睡，
試著忽略飢餓感。

夜深，家門開了，濃厚的酒氣與憤怒竄入。
爸爸回來了。

一看見這副模樣的爸爸，
黑孩子第一件事就是把身體擋在弟弟前面。

面對直飛而來的酒瓶，他不能閃；
面對爸爸一拳一拳揮來的憤怒，他不能躲；
面對擲來的碗盤、摔得粉碎的陶瓷和玻璃，
他還是不能移動一步。

因為他知道：「我得保護弟弟。」

白天也有攻擊，來自同年齡的孩子。

下課玩過了頭，

一群孩子為了好玩，把畫了靶的水桶，

隨意套在路過的孩子頭上，

誰是靶，誰就準備遭殃。

這一幕，讓黑孩子忍耐已久的怒氣爆發了。

事情還沒結束。

那些孩子的爸媽到家裡來了，
指著黑孩子和弟弟，用難聽的話語咒罵。

不管那些人靠得多近，
不管自己心裡有多恐懼，
黑孩子還是擋在弟弟前面。

「有我在，別怕。」
他的聲音微微顫抖，但依然堅定。

從那次以後，黑孩子知道拳頭可以保護家人。
從那次以後，他不再怕別人的指指點點。
那些批評不能再傷害他的家，
只有他，能夠保護他的家。

漸漸的，他習慣了用拳頭過日子。

黑孩子喜歡夜晚。
夜裡總是安靜的，沒有咒罵聲，讓他也沉靜了。

黑孩子也害怕夜晚。
睡在空酒瓶堆裡，讓他想起那滿身酒味、
不知何時會冒出來的爸爸。

黑孩子在征戰中，開始有自己
的祕密基地，
他常在那裡度過一整夜。

這一天，陽光照進來，
黑孩子正打算離開……

是某次混戰中認識的大哥。

「你怎麼會在這裡？」
「沒有啊……」，黑孩子說著自己的事。

聲音裡有點自負，卻掩飾不了一絲迷惘。
大哥聽著黑孩子的訴說，
好像看到從前的自己，

「走，我帶你去一個地方！」

大哥載黑孩子到了一個像是工地的地方。
「牆是深色的？這看起來不像水泥……」
黑孩子下車後好奇的摸了牆面，心想。

進到室內，地上是成堆的土和一包包木屑，
成排的木板倚靠在牆上。
「早！」低沉但宏亮的聲音晃過，一位大哥扛著
木板走向機器。

「這是我工作的地方，也是我現在保護家人的
方式。」
大哥走在前頭介紹著。
黑孩子有些困惑，但可以確定的是，這個地方
的氣氛讓他感到熟悉和安全。

「新來的？」是剛剛扛木頭的大哥。

「還沒吧，要看他怎麼決定。」大哥瞥了黑孩子一眼。

黑孩子有點怯生生的，沒有回答。

那瞬間，他看到了扛木頭大哥的背上，有著很好看的刺青。

即使刺青的圖案讓他不寒而慄。

夜晚再度來臨。
這次黑孩子面對的，不是校園裡拿水球的孩子，是一群拿著武器的青少年。

「明天見！」他想到今天離開工地時，大哥的道別。
這天晚上，黑孩子做了決定。

最漫長的夜晚過去，黑孩子走出殘破的老地方。

他還依稀記得昨天往工地的路。

「痛死了……」黑孩子蹲坐在工地外碎念，
他好像太早到了。

「早！吃早餐沒？」一道陰影在前面停下，是大哥！

「喔，謝謝……」黑孩子有點緊張，
也有點興奮。

接下來的日子，黑孩子開始在這裡工作，
他們正在蓋一間咖啡廳。
每天都有新的挑戰，木工、鐵工、水電，
他每天都多懂了一點。
原來他的「蠻力」也可以做些事的。

黑孩子把他在老地方的朋友一個個帶來，
就像大哥當初帶他來這裡。

「現在我不怕弟弟沒飯吃了！」黑孩子很有
自信的說。
每天學到新技術，每月都有固定收入，
能夠照顧弟弟的他神采奕奕，
臉上多了笑容和滿足。

學校裡，和以前一樣，同學們沒注意到
黑孩子的位子空著。
只是這次，教室裡、教室外，
不同的孩子走在各自的學習路徑上。

再幾天就完工了。
他們在屋頂上休息，看著下班前的日落。
或坐或站的，這一刻對他們來說，
和夜晚一樣沉靜。

現在的時刻，是學校的放學時間。

放學的人群中，有人發現屋頂上熟悉的身影。

「哥！」弟弟抬頭。

黑孩子回頭，舉起手揮了一下，微笑著。

每個人都想用自己的方式，
保護最重要的人。

在這裡，我們的方式，
很叛逆，
很溫暖，
很另類，
我們只是想保護最在意的人。

關於黑孩子

財團法人孩子的書屋文教基金會／文

我們看見臺東有一群被制度反綁的孩子，因此有了「黑孩子」這個暱稱。

他們的心境難被理解，更因擁有錯綜複雜的成長過程，與人溝通方式也和其他孩子不同。

當黑孩子身上的「不同」被放大，在適者生存的法則下，黑孩子難逃被社會「淘汰」的命運。而淘汰之後的代價，終將反噬社會。

我們相信黑孩子不只在臺東，更存在於臺灣、世界的都市叢林中。

當激烈競爭以及制度制約的好處被多數人所認同時，無法融入體制內的孩子，也就更加辛苦了。

透過繪本，希望能讓更多人注意到黑孩子，找到他們，引出他們生命中的發光時刻。

被逼出來的流氓

潘昫仁／文

「我們做繪本，是希望黑孩子的概念讓更多人知道、更多人理解，社會上有這麼一群孩子。」和陳爸聊到《黑孩子》繪本，他深切的說著，語氣裡是憂慮、是擔心。

十七年前，陳爸在臺東創立「孩子的書屋」，因為這裡的黑孩子，他接觸了太多。

「黑孩子」指的是活在體制外的孩子，有時他們甚至被體制逼到角落。被升學機制除名、被學校老師貼標籤、不被家庭疼惜的情形屢見不鮮。

陳爸在臺北闖盪幾年回到故鄉，逐漸發現身邊有好多黑孩子；十七年後，陳爸所帶起的孩子逐漸獨立、各奔東西，部分有了自己的一片天。

然而，現今「好山好水」的臺東，黑孩子持續存在。

「黑孩子的出現，其實反映了臺灣家庭功能不彰、教育體制的問題。當一個人失落、沮喪、灰心的時候，環境和身邊的人無法善待他、拉他一把，反而落井下石、火上加油。當這些人被逼到角落，就可能發生社會事件。」

近年來，衝擊社會的事件不斷發生，試問悲劇上演後的未來呢？這些故事不只發生在臺東，在全臺各地都無所不在，卻也被視而不見。社會議題、學校體制、家庭教育，每個層出不窮的話題被提起，隨著時間，也被漸漸淡忘甚至麻痺。

如果對身邊的人，我們可以開始有多一點關心、關注；如果對不符合「常規」的作為，我們可以開始有多一點包容，理解；或許，所有的孩子、大人都可以被接納，可以有機會改變。我們希望社會悲劇莫再重演，因為每次在悲劇發生之後才有的社會覺醒，代價太大。

隱身在圖裡的訊息

潘昫仁／文

「為了呈現繪本裡黑孩子不同的情緒，我用了不同的顏色。」繪本創作者怡揚解釋著。

「黑孩子平時是黑色的；當出現比較暴力的紅色，代表著發洩憤怒、傷害人的心情，這紅色和喝酒後的爸爸一樣；而當他想保護身邊的人時，則會出現金黃色。」

保護，是怡揚提出的主概念。概念的發想從父母的觀點開始。

黑孩子的生命累積了憤怒，而最容易激怒他的，是侵犯到他的家人；天下的父母，在這個時刻與黑孩子是相似的，會因為想保護孩子、在乎的人而奮不顧身。「想保護身邊重要的人」的相同心情，因此產生。

除了黑孩子，怡揚也在其他孩子身上動了手腳。「對黑孩子來說，其他孩子是不同的群體。他們與黑孩子的共鳴很少，」怡揚指著這些孩子的眼睛。

仔細一看，黑孩子的眼神發亮，比起其他孩子，黑孩子更有生命力。「除了表達不被接納、區分他們是不同群體之外，我更想說的是，黑孩子的生命活得更扎實、更有血有淚。」

這次透過繪本，怡揚接觸到以往從未接觸過的黑孩子。要從自身的家庭經驗，盡力想像並嘗試同理黑孩子家庭失衡、受欺凌、受家暴的心情，著實不易。

黑孩子繪本帶給怡揚的，除了繪畫能力的強化之外，是面對經歷生命淬鍊的黑孩子時，看見那樣堅強恆毅的性格，打從心底的敬佩！

守候他們，等待陽光

古碧玲／文字工作者

每個社會都有陽光照不到的角落，因為黑暗，人們關注不到。

這樣闇黑的角落裡，靠勞力維生的大人，勉力工作求生，卻隨時可能墜落失業或長期低收入的深淵。付出大量勞力的副作用，是或顯或隱的工殤，於是他們靠酒精來麻痺身體上的痛苦與難堪的生活。

自顧不暇的大人，任由家裡的孩子自生自滅，有一餐沒一餐。其中有些孩子在學校成為異類，他們身上映照出社會的破窗理論——沒人管、沒人理，因而在體制內成為被霸凌的對象。孩子們為了找尋出路，稍一不慎，便踏上命運的歧途。

「黑孩子」，是臺東「孩子的書屋」創辦人陳俊朗給這些孩子的稱號。

陳俊朗於二〇〇〇年自臺北返回臺東後，發現被認為臺灣最後一塊淨土的臺東，仍有陽光照不到的角落；好山好水的故鄉，居然有幾年沒吃過晚餐的孩子，四處遊晃。這些孩子都在學齡階段，上學或中輟。家庭中，生理或心理缺席的大人，無暇或無心管孩子。學校裡的大人則眼不見為淨，這些孩子不來上課，反而省心省事。孩子們渴求關懷卻不可得，漸漸自我放逐，離開學校，與同病相憐的同儕成群結黨、相互壯膽，假裝自己是狠角色，也愈來愈背向陽光。

沒有誰生來就想成為「黑孩子」。大人改變不了環境而放棄自己，孩子改變不了身邊的大人，只能在黑暗中彼此取暖。

「孩子的書屋」陪伴這些黑孩子長達十七年，透過課後輔導、才藝養成，以及專業技能培養，使他們擁有獨立生活的能力和扭轉命運頹勢的機會。

由年輕視覺工作者陳怡揚繪圖的《黑孩子》，是臺灣少見的取材自社會問題和現象的繪本。它不像多數繪本的快樂甜美、可愛溫馨；大面積的深色調，迫使閱讀者直視幽暗角落的孩子。有點 Q 版的人物，置入寫實背景中；或是鐵皮屋頂傾杞小屋，或是屋瓦補丁的土角厝，或是紅標米酒瓶橫陳的室內，販售檳榔的殘敗店頭……。

白天的黑孩子，在學校裡是被扣水桶、遭同學恥笑圍攻的對象。黑孩子哥哥以拳頭保護自己與弟妹，日復一日將自己武裝起來。晚上的光景，則是穿過米酒瓶的透視，看到蜷縮在床上的黑孩子；而父親像一團狂怒烈火，席捲稚弱的孩子；哥哥總是擋在弟弟面前，去承受酒醉大人的拳來腳去。繪者的寫實手法，震撼人心。

閱讀《黑孩子》繪本之前，很難想像秀麗純樸的臺東，有一個個過著如此晦暗生活的孩子。閱讀如此不同的繪本，並非旁觀他人的痛苦。把閱讀《黑孩子》的感受與詮釋交給孩子，讓孩子從理解他人的苦難脈絡開始，體會生命的複雜與難以度測，或許，微光就能夠照進闇黑角落。

輕輕問一聲：孩子，你還好嗎？

蘇蓓蓓 / 臺灣親子共學教育促進會

攤開封面與封底，如黑夜般的臭臉與陽光般的笑臉同時映入眼裡，我的心有著不捨與好奇。黑孩子帶著怒氣的表情，眼神卻有著哀傷與迷惘。要怎麼做，黑孩子才能漾出耀眼金黃的笑容與心境呢？「孩子，你好嗎？」這樣的問候看似普通，卻是我想要給出的陪伴。

「我的家庭真可愛，整潔美滿又安康……」這首歌唱起來容易，但有多少孩子無法身處在這樣的家庭，但這不是他們能選擇的。繪本中有一幕，同學抱著被分解的熊玩偶大哭，黑孩子被老師斥責，而黑孩子心裡想的是：「我只是想跟他一起玩，為什麼要罵我？」

我相信這絕對是黑孩子的真心話，只不過他不知道什麼才是對方能接受的方式，因為黑孩子沒有被好好對待過，所以也就不懂得怎樣才是適切的人際互動方式。如果大人只看到孩子的表面行為，往往無法接受而斥責，並給他貼上壞孩子的標籤。但，黑孩子真是壞孩子嗎？如果有人願意越過行為的表象看見他的困境，能否在判決前，先問一句：「發生什麼事了？你還好嗎？」讓孩子感受到關心，或許他也能鼓起勇氣說說自己的想法，而讓雙方有機會澄清，建立更好的互動。

假使黑孩子周遭的大人，願意試著理解、看見黑孩子行為背後的善意，把「這已經不是第一次了」，轉變為「這有可能是最後一次了」，更積極的協助黑孩子改變人際互動模式，那麼，被看見、接納的黑孩子，或許會知道，保護家人的方式，不是只有拳頭這個選項。

只要有人願意付出關愛，就會在黑孩子的心靈種下一顆愛的種子。

對於生活在陰暗角落裡的黑孩子，這本繪本，讓他們明白自己一點也不孤單，這社會上還是有人看到他們的內在與困境，願意提供他們繼續走下去的力量。

對於家庭功能完整的小讀者，黑孩子的困境有別於他們的生活經驗，可以啟發他們同理弱勢，試著去思考某些狀況與情境，會不會有其他自己尚未看見或對方表達不出的可能？

對於成人讀者，藉由這本繪本，知道有間書屋是孩子的避風港，是孩子的第二個家，陪伴被放棄的孩子，找回自己、找回自信，重回學習軌道。也更清楚日後若是看到被貼標籤的孩子、被放棄的孩子，該如何對待？就從輕輕問一聲：「孩子，你還好嗎？」開始吧。

該如何承接黑孩子的生命故事？

劉安婷 / 為臺灣而教基金會董事長

幾年前，一位花蓮的老師跟我分享一個故事。一個女孩從小跟父親同住，父親收入不穩、酒後更會對女兒上下其手。等女孩上了國中後，父親開始誘騙她賣身，賺錢給自己花。不論老師怎麼努力，也無法完全阻止其他學生甚至是其他老師對她難聽的嘲弄。有一天，老師接到警局的通知，得知女孩懷孕了，已在外流浪好幾天，警局通知父親去接，父親卻又趁大家不注意開溜了。老師衝到警局，竟在警局外的便利商店旁，看見這個父親蹲在門口，又買了一瓶酒在喝。老師氣到渾身發抖，恨不得把這禽獸不如的父親痛毆一頓。

「後來呢？」我緊張的問。老師平靜的回答：「我用好大的力氣，深吸了一口氣，然後蹲下來問：『爸爸，女兒這個樣子，你是不是也很難過？』」

老師說，那位父親痛苦的看了他一眼，然後抱頭痛哭。他說，他從來沒看過一個成年男子哭得這麼痛徹心扉，彷彿瞬間縮小成那個曾經也被錯待的孩子。

寫這篇推薦文的前一天，陳爸才剛在 TFT（Teach For Taiwan，為臺灣而教）一年一度的新進教師始業式上，分享黑孩子的故事。在別人眼中，他們曾經是小偷、流氓、施暴者、強姦犯、殺人犯。陳爸問在場的人：「面對這樣的『孩子』，你們會怎麼辦？該怎麼帶領他們？」在場的人一片靜默。陳爸接著說：「教育者的心，其實就是『為父（母）的心』。再怎麼罪大惡極，只有父母的心能包容、能饒恕、能盼望他會更好。」

我在臺下聽著，雖然已經認識陳爸這麼多年，仍然驚嘆，是如何的生命厚度，能去看懂、去承接這些不簡單的生命故事。黑孩子的故事，不需要被美化、不需要被同情，而需要不斷的被理解，才有可能匯聚成面向陽光的力量。而這本深刻、精緻的繪本，相信也可以幫助許多人，認識這群黑孩子與他們的故事。

看見勞動帶來的價值與改變

林立青 / 作家

《黑孩子》這個繪本其實故事非常簡單，就是一個孩子找到自信的故事卻也是真正能影響人心的真實事件。

最需要幫助的人，其實往往不知道該如何求助；平日或是社會的壓抑反而使他們更加痛苦，使得這些「黑孩子」陷入惡性循環之中。我們都知道有這樣的情況發生，但是不知道如何幫助他們，不知道該如何提供機會，不知道如何接觸。

孩子的書屋為臺東弱勢兒童所做的努力有目共睹，早已經是臺灣偏鄉社區服務的傳奇，現在藉由繪本故事，為孩子發聲，讓這本書成為各界一起來關心黑孩子的極佳觸媒。故事最讓我欣喜的，是其中蘊含尊重勞動價值的理念。故事中，孩子最後選擇一起投入勞動，藉由增加自己的技能和努力，改變生活並且保護自己所愛。

我推薦所有關心勞動、期望孩子能夠努力學習技能與專業的人，都來閱讀這本書。這本書可以和孩子一同閱讀，一起看見勞動所能帶來的改變和價值。最後，祝福這個名字，期待大家用更多不同的角度，看見「黑孩子」！

幫助孩子同理弱勢的好繪本

于仙玲 / 臺灣親子共學教育促進會

《黑孩子》這本繪本真實反映出臺灣社會結構和體制教育問題。隨著社會貧富差距漸增，這樣的孩子，無論在偏鄉或都市，都是處處可見的。我帶孩子讀這本繪本時，孩子對書中生氣酗酒的爸爸形象，特別有反應，不時會自己翻到那頁看很久。我猜，在她的小腦袋瓜裡，好奇怎麼世界上會有這麼不同的爸爸？這正是我覺得這本繪本值得共讀的地方。

這個社會有形形色色的人，而孩子不可能一輩子不接觸這樣真實的世界。我希望我的孩子能以更開放的心，去包容、觀察、接受和同理這些孩子。我也希望有更多老師能閱讀這本繪本，甚至帶著學生一起閱讀。我想，要能學會「同理」，應該要先能試著了解，因為「了解」，才能儘量「不批判、評價」，而繪本便是提供了解的一種方法。

黑孩子的理想國度

蘇文鈺 / 中華民國 Program The World 愛自造者學習協會理事長

黝黑的陳爸在臺上講他十多年來在偏鄉的努力：從客廳容納得下的幾個孩子教起，到今天幾百個偏鄉孩子在「孩子的書屋」裡念書、成長、玩耍。

我心想，怎麼有人傻到傾家蕩產，甚至冒著生命的危險在做這些事？

二○一五年那次，我的演講題目是「找尋一生的志業」，但聽陳爸講完，卻有點慚愧。

從那天起，我告訴自己要更努力。

兩年後，Program The World 終於把程式設計課程帶進「孩子的書屋」。

多年來，陳爸教孩子們讀書，投入社區營造，降低偏鄉毒品危害。如今，為了讓偏鄉的孩子有一條回家的路，又開始一連串的「黑孩子」計畫，從「黑孩子咖啡」到《黑孩子》繪本。

不論是不是在書屋裡長成的孩子，只要願意回來參與翻轉家鄉的計畫，這裏有清香空氣，潺潺溪水與豐厚情意。我相信，再過個十年，黑孩子們一定會在這裡建立一個理想國度。

國家圖書館出版品預行編目（CIP）資料

黑孩子 / 陳怡揚腳本 . 繪圖；潘昫仁文字 .
-- 初版 . -- 新北市：字畝文化創意：遠足文
化發行 d2017.08
　　面；　公分
ISBN 978-986-94861-3-2(精裝)

859.6　　　106011141

作者／財團法人孩子的書屋文教基金會　腳本‧繪圖／陳怡揚　文字／潘昫仁

社長／馮季眉　編輯總監／周惠玲　責任編輯／吳令葳　編輯／戴鈺娟、李晨豪、徐子茹　封面設計／陳怡揚
美術編輯／張簡至真

出版／字畝文化
發行／遠足文化事業股份有限公司　地址：231 新北市新店區民權路108-2號9樓
　　　電話：(02)2218-1417　傳真：(02)8667-1065　電子信箱：service@bookrep.com.tw
　　　網址：www.bookrep.com.tw　郵撥帳號：19504465 遠足文化事業股份有限公司
　　　客服專線：0800-221-029

讀書共和國出版集團
社長／郭重興　發行人兼出版總監／曾大福　印務經理／黃禮賢　印務主任／李孟儒

法律顧問／華洋法律事務所　蘇文生律師　印製／中原造像股份有限公司

2017年8月　初版一刷　2021年1月　初版三刷　定價：360元　書號：XBTH0014　ISBN：978-986-94861-3-2